致莫里茲及所有我們在大格林尼克區的友人
——湯姆士·哈定

致亞力山大家族
——布莉塔·泰肯托普

柏林外圍的一汪湖畔有棟木屋。
屋子大約是一百年前，由我外曾祖父起造的。

我知道外曾祖父和他的家人在納粹掌權後，
被迫離開了這棟屋子，
但我並不知道後來發生什麼事。

為了一探究竟，我在二〇一三年造訪柏林——
結果發現荒置廢棄的屋子空無一人，破舊失修。
於是我開始逐一將故事拼湊起來……
從二次世界大戰爆發開始，到柏林圍牆的興建與倒塌，
這個故事涉及了四個家庭。

我用這本書記錄了這個故事：
一棟屋子的故事，一棟安靜而被世人遺忘，
佇立於歷史前線的湖濱小屋。

Thinking 067

湖濱小屋

一棟佇立於歷史前線的百年木屋的故事

文｜湯姆士·哈定 Thomas Harding
圖｜布莉塔·泰肯托普 Britta Teckentrup
譯｜柯清心

字畝文化創意有限公司

社長兼總編輯｜馮季眉　編輯總監｜周惠玲　責任編輯｜陳曉慈
編輯｜戴鈺娟、徐子茹　美術設計｜張簡至真

讀書共和國出版集團

社長｜郭重興　發行人兼出版總監｜曾大福
業務平臺總經理｜李雪麗　業務平臺副總經理｜李復民
實體通路協理｜林詩富　網路暨海外通路協理｜張鑫峰　特販通路協理｜陳綺瑩
印務經理｜黃禮賢　印務主任｜李孟儒

發行｜遠足文化事業股份有限公司　地址｜231新北市新店區民權路108-2號9樓
電話｜02-2218-1417　傳真｜02-8667-1065　Email｜service@bookrep.com.tw
客服專線｜0800-221-029　法律顧問｜華洋國際專利商標事務所·蘇文生律師

初版一刷｜2021年11月　定價｜360元　書號｜XBTH0067　ISBN｜978-986-5505-71-4

特別聲明：有關本書中的言論內容，不代表本公司／出版集團之立場與意見，文責由作者自行承擔。

國家圖書館出版品預行編目（CIP）資料

湖濱小屋／湯姆士.哈定（Thomas Harding）文；布莉
塔.泰肯托普（Britta Teckentrup）圖；柯清心譯. -- 初
版. -- 新北市：遠足文化事業股份有限公司字畝文化出
版：遠足文化事業股份有限公司發行, 2021.11
　面；公分
譯自：The House by the lake
ISBN 978-986-5505-71-4（精裝）

874.596　　　　　　　　　　　　　110006831

The
HOUSE
by the LAKE

湖 濱 小 屋

文／湯姆士・哈定
Thomas Harding

圖／布莉塔・泰肯托普
Britta Teckentrup

譯／柯清心

很久很久以前，湖畔有一棟小木屋，
屋子是一位仁慈的醫生和他可愛的妻子打造的，
他們希望帶著四個孩子，遠離繁忙的都市生活。

他們栽植蘆筍、萵苣，
撿拾自家養的雞下的蛋。
他們在花園裡玩耍，
在湖裡游泳。
夜裡，醫生坐在火爐邊
為孩子們讀故事。
一家人入睡後，
木屋乘載了他們的夢想。

時光輪轉，升起的太陽烘暖了屋子的牆壁。

啄木鳥嘟嘟嘟的啄著樹木，鴨子在蘆葦間穿行。

太陽西沉，熠熠星光映在窗上。這是一棟充滿歡樂的屋子。

然而隨著歲月更迭，孩子們日漸長高，
繁忙的都市裡也起了一些變化。

有一天，一群凶暴的軍人用力敲門，
喝令醫生和他的家人離開。

桌椅都蓋上了布罩，
百葉窗關了起來，門也被鎖上了。
那些凶惡的傢伙拿走了鑰匙，只留下孤零零的木屋。

一年過去了 —— 一個新的家庭到來。

他們拎著行李箱與樂器，帶著滿滿的愛，踏上了多沙的小徑。

母親在門廊上唱歌，父親彈奏鋼琴，

兩名男孩則在湖濱蓋沙堡。

可是漸漸的，他們的
音樂變調了。
男孩們開始在木地板上
咚咚咚的踏軍步，
母親拆下亮晶晶的
金屬排水管，交給一名
造槍的男人。

接著他們收到一封信，
戰爭即將來臨，
那些凶暴的傢伙
要父親為他們打仗。

於是這個家庭逃走了。
寒氣再次從煙囪
吹進了木屋。

飛機的掠影輕吻小屋的屋頂，
廚房裡的杯盤震得叮叮咣咣，
天空燒成了一片橘紅。

一對惶惶不安的夫妻從城市來到這裡，
他們是音樂家族的朋友。
湖濱小屋保護他們免於擔驚受怕，那是個酷寒的凜冬，
但小屋保護了他們的安全⋯⋯

可也只是一小陣子。

一個寒冷的早晨，
屋牆被坦克車震得砰砰響，
子彈射中了屋子，擊碎木屋的煙囪和窗戶。

避難的夫妻逃進城裡，屋子再次人走屋空。

窗戶上蜘蛛網橫懸，門廊上落葉成堆，百葉窗的塗漆斑駁剝落，荒廢的屋子無人照顧。

屋子空了好多好多年 ── 然後有一天，一名戴著皮裘帽子的男人，沿著多沙的小徑到來。他的兩個孩子開心的叫喊著衝進屋裡，將陽光帶進幽暗的房中。

春天，戴皮裘帽的男人把窗戶、煙囪和排水管修好，為百葉窗上漆，將門廊打掃乾淨。

夏季，他的孩子們在湖上划船，吃蛋糕和冰淇淋。

冬天，他們在結著大理石花紋的冰層上駕帆船玩。

屋子又恢復了生氣：走廊傳來笑聲，
地板上印著帶沙的足印，空氣中飄騰著熱湯的香氣。

某天早晨，戴皮裘帽的男人被屋外隆隆的機器聲吵醒，士兵們正在打造一堵巨牆。巨牆穿過花園，上面立了高塔，周圍還有刺眼的探照燈和狂吠的巡邏犬。

這家人痛恨這堵牆，牆讓一切變得灰暗。孩子們放學後必須在田裡工作，再也不能去湖畔玩了。而戴著皮裘帽的男人還得監視他的鄰人。

五個、十個、十五個、二十個、二十五個生日過去了。孩子們長成了大人，他們離開小木屋，也有了自己的孩子。而灰暗仍然籠罩著木屋，一直盤旋不散，感覺似乎永遠也不會結束。

然後在毫無預警的情況下，士兵們和吠犬離開了……

戴皮裘帽的男人掄起一把大槌子，把牆敲倒。
湖上甘甜的清風吹進了屋子每個角落與隙縫，
他的孫子們高聲歡呼著躍入湖裡，潑灑湖水。

戴皮裘帽的男人跟屋子一起逐漸老去，
他發現老舊的木料和野草叢生的花園越來越難維護。
直到有天早晨，老人再也沒醒來，
屋子又再度變得孤寂。

小屋的木地板和門扉被拆下當柴燒，窗戶破了，
老舊的牆邊長滿矮叢和樹木，但小屋依舊屹立不搖。

十五個冬天來了又走。

然後有位年輕人，
踏著多沙的小徑到來。
他掏出一把鑰匙，
打開屋門……
一眼就看出，
小屋需要整修。

年輕人和村民合力清理，剪除矮叢，
修理破損的地板和窗戶，為小屋塗上明亮的漆色。

小屋終於潔亮如新。

年輕人將外曾祖父的照片擺到壁爐上方⋯⋯

小屋的牆壁、地板、窗戶和門扉，

都還記得那位仁慈的醫生和他可愛的妻子。

湖濱的小屋，再度充滿歡樂。

湖 濱 小 屋

醫師與他可愛的妻子

一九二七年，我的外曾祖父艾佛德‧亞力山大醫師，為他的妻子漢妮和他們的四個孩子，在湖邊打造這座屋子。其中一名孩子就是我的奶奶艾絲，奶奶說那棟屋子是她的「靈魂之鄉」。

他們一家會到小屋渡過週末，暫時遠離忙碌的都市生活。亞力山大一家是猶太人，一九三六年，隨著納粹崛起，全家被迫逃往倫敦。

之後房子便被蓋世太保（納粹的祕密警察）占據了。

音樂家族

一九三七年，一名叫威爾‧邁瑟的音樂出版商，與他的影星妻子伊萊莎‧伊莉兒從蓋世太保手中，用原價的四分之一買下屋子。

二戰期間，夫妻二人帶著兩名兒子住在那裡，後來孩子成為希特勒青年團的一分子。

邁瑟一家最後於一九四四年逃往奧地利，直至戰後才返回柏林。

◆

城裡來的夫妻

威爾‧邁瑟在奧地利的期間，將屋子借給他的創意總監漢斯‧哈特曼和他的猶太妻子奧蒂萊，讓他們避難。

哈特曼夫婦在一九四五年四月，蘇聯軍隊佔領村莊前逃離。

戰爭結束後，一個姓夫曼的家庭在小屋短暫住過一陣子。

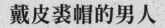

戴皮裘帽的男人

一九五八年戰爭結束後，沃夫岡·庫納帶著妻子艾琳和他們的兩名孩子，租下了木屋。沃夫岡的職業是清潔工，但他也替史塔西（東德祕密警察）監視他的鄰人。

一九六一年八月十三日，木屋與湖泊之間，架起了一道圍籬；之後又添上一堵水泥牆。有將近三十年的時間，這道「柏林圍牆」將東德從西柏林劃分開來。

一九九九年，沃夫岡死於小屋中，不久屋子便被棄置了——除了一頭雌狐狸和她的狐狸寶寶之外，空無一人。

年輕人

二〇一三年，我造訪湖濱小屋，發現建物荒蕪不堪，窗戶破損，屋裡全是毀壞的家具與垃圾。

我與家人及當地的居民齊力清理屋子，讓它恢復先前光鮮的模樣。

如今木屋重新命名為「亞力山大之屋」，小屋重新啟用後，成為教育與和解中心。

◆